La sortie scolaire

Catalogage avant publication de Bibliothèque et Archives Canada

Class trip. Français
La sortie scolaire / texte français de Josée Leduc.

(Peppa Pig)
Traduction de: Class trip.
"Ce livre est basé sur la série télévisée Peppa Pig."
"Peppa Pig est une création de Neville Astley et Mark Baker."
ISBN 978-1-4431-6873-1 (couverture souple)

I. Baker, Mark, 1959-, créateur II. Astley, Neville, créateur
III. Titre. IV. Titre: Class trip. Français. V. Titre: Peppa Pig
(Émission de télévision)

PZ23.C5759 2018   j823'.92   C2018-900346-4

Cette édition est publiée en vertu d'un accord avec Entertainment One et Ladybird Books, une filiale de Penguin Company.
Ce livre est basé sur la série télévisée Peppa Pig.
Peppa Pig est une création de Neville Astley et Mark Baker.
Copyright © Astley Baker Davies Ltd./Entertainment One UK Ltd., 2003, pour Peppa Pig.
Copyright © Éditions Scholastic, 2018, pour le texte français.
Tous droits réservés.

L'éditeur n'exerce aucun contrôle sur les sites Web de tiers et de l'auteur, et ne saurait être tenu responsable de leur contenu.

Édition publiée par les Éditions Scholastic, 604, rue King Ouest, Toronto (Ontario) M5V 1E1 CANADA.

5 4 3 2 1   Imprimé en Malaisie 108   18 19 20 21 22

Peppa et ses amis font
une sortie scolaire.

Ouaf!

—Aujourd'hui, dit Madame Gazelle, nous allons faire une excursion en montagne!

— Youpi!
s'exclament les enfants.

Peppa et Suzy ont déjà un petit creux.
— Madame Gazelle, est-ce qu'on peut manger
notre lunch? demandent les enfants.

— Vous pouvez manger votre pomme, mais gardez le reste pour le pique-nique, répond l'enseignante. Crounch! Crounch!

L'autobus arrive au pied de la montagne.
La pente est très raide!
— Allez, l'autobus! Ho! Hisse! crient les enfants.

Peppa et ses amis sont enfin arrivés
au sommet de la montagne.
— Regardez le paysage! s'exclame Madame Gazelle.
Tous les enfants admirent la vallée.

—Waouh! s'écrie Peppa.
—Waouh! Waouh! Waouh!
entend Peppa au loin.
—Qu'est-ce que c'est?
demande Peppa.
—C'est l'écho, Peppa,
répond Madame Gazelle.

Waouh!
Waouh!
Waouh!

Chacun à leur tour, les enfants crient
pour entendre l'écho de leur voix.
Grrr! Ouaf! Bêêê! Groin-groin!

Puis c'est l'heure de manger.
Peppa adore pique-niquer. Tout
le monde aime pique-niquer!
Crounch! Sleurp! Miam! Miam!

—Où sont les canards? demande Peppa en prenant une bouchée de son sandwich. D'habitude, ils apparaissent toujours pendant les pique-niques.

Coin-coin! Coin-coin! Voilà les canards!
–Bonjour! Est-ce que vous voulez du pain?
leur demande Peppa.

Les canards sont très chanceux aujourd'hui. Les enfants ont apporté du pain spécialement pour eux!

C'est l'heure de rentrer.
Tout le monde remonte
dans l'autobus.

—Et si on chantait? suggère Madame Gazelle. La, la, la!

Tout le monde a passé une bonne journée!